Anke Petersen:
De Wunnerbloom

Anke Petersen

De Wunnerbloom

**Söbentein wohre Geschichten
ut Hamborg**

Bibliographische Information der Deutschen Nationalbibliothek

Die Deutsche Nationalbibliothek verzeichnet diese Publikation in der deutschen Nationalbibliografie; detaillierte bibliographische Daten sind im Internet über http://dnb.d-nb.de abrufbar.

Anke Petersen:
De Wunnerbloom.
Söbentein wohre Geschichten ut Hamborg.
Norderstedt: BoD, 2011

ISBN 978-3-842-35501-9

Herstellung und Verlag: Books on Demand GmbH, Norderstedt
Redaktion: Susanne Petersen, Thomas E. Petersen
Satz und Umschlaggestaltung: Thomas E. Petersen

Inholt

Müüs

Wi wahnt een beten afflegen, dor, wo sick
Voss un Hoos good Nacht seggt. In uns Ge-
gend gifft dat noch allerlei Deerten, de een
annerswo gornich mehr to sehn kriegt. Bi de
veelen Minschen, de dat in Hamborg nu gifft,
un bi de oosig veel Hüüs ward jo ook de Platz
für de Deerten jümmers enger.

In 'n Harvst, wenn dat buten all son beten
unangenehm koolt ward, denn versöökt de
lütten Hasselmüüs von de Koppeln in 't Huus
to komen, un för den Winter 'n warmen Platz

to finnen, Bi uns geiht se denn in de Affsiet
ünner dat Dack un mookt sik dat kommod.

In 't vorig Johr weer dat ook wedder so
wiet. Mien Mann weckt mi mitten in de Nacht
un see „Dien Frünn sünd wedder dor!" Dat
knister un knaster in de Affsiet. In dit Johr
weern se besonners luud un wi harrn meist
dat Gefeuhl, dat se ut Spooß von 'n Spitzböhn
no de Affsieten doolrutschen dähn.

An een Morgen wull ik mien Pantüffeln
antrecken - un finn dorbinnen een Nutt-
School. Nu ward mi dat ober krupen un ik sä
to min Mann: „Ik glööv, een Affsiet is nich
ganz dicht un de Veecher flitzt in de Nacht
ook in de Sloopstuuv rum."

Annern Dag heff ik de Muusfallen her-
socht. Nu mööt ji weeten, dat uns Fallen nich
solk Doodslägers sind, sonnern lüttje Käfige,
in de de Müüs von beid Sieden rinloopen
köönt. Un wenn se dann an den ophangten
Kees nibbelt, fallt de Dören dol un se sünd
insparrt. Ik heff een Affsiet-Klapp ganz op-
mookt un twee Fallen opstellt.

In de folgende Nacht gung dat Ramentern
wedder los. Wi harrn een Muus fungen, de
klappert nu mitten in de deep Nacht in de Fall
rüm. Mien Mann sprüng ut 't Bett, brocht de

Muus vör de Huusdöör un leet se in 'n Goorn lopen. In Nachttüüch, versteiht sik - un dat bi de Küll!

De tweet Muus heff ik in de Fall to uns Katt brocht, de in een Sessel in de Wohnstuuv slopen däh. Ik see to ehr: „Kiek dor, de Muus, de harrst du fangen schullt!" De Katt keek meud hoch to dat Deert, dann to mi, as wenn se se seggen wull: ‚Hest goot mookt, aver nu loot mi man wedder slopen.'

So gung dat nu jeed Nacht wedder los, so oft, dat mien Mann un ik affmookt hefft, dat wi uns bi 't Opstohn affwesseln wullen. Wi hebbt flucht un bibbert, denn du kannst de Müüs ook nich ut de Fall loten, so lang de Huusdöör open is - wutsch, weurn se gau wedder rin in 't Huus trüchloopen un du kannst nochmol anfangen.

Also: Mit de Muus in de Fall de Trepp dol, mit de Muus in de Fall rut ut de Huusdöör. Döör dichtmoken. Nu erstmol de Muus rut-loten. Erst wenn se weg is, de Döör opmoken, rin in 't Huus, de Trepp rop, in de Sloopstuuv, in 't Bett. Un dann wedder warm warrn!

Wi hebbt uns aver doch wunnert, wo ver-scheden dat jedet Mol weer: Een Muus kunn gornich begriepen, dat se buten wegloopen kann. Een anner wull nich rut ut de Fall. Manch een harr dat lütt Stück Kees opfreten, anner meist nich dran nibbelt, Een Muus leeg doot in de Fall - harr woll een Hartslag kregen.

Een Geschicht kannst fast nich gläuben, ober dat hett sik wirklich so affspeelt. Ik weer dran mit Rutbringen, un de lütt Muus gung buten langsom ut de Fall, een Stuf von de Ingangstrepp dol, dann dreiht se sik um, as wenn se seggen wull: ‚O, ik heff mien Kees vergeeten!’ Jedenfalls gung se in de Fall trüch, bitt sik een Stück Kees aff un renn erst dann weg. Ik heff de Fall vor Schreck ganz stillhollen. Dat hett mi so von 'n Hocker reeten, dat ik de Geschicht noch in de Nacht mien Mann vertellt heff. De hett lacht un meen noch half in 'n Sloop: „Büst Du eegentlich seker, dat wi nich jümmers de sülbigen twee oder dree Müüs fangt? De sünd jo all heel zutraulich un mookt sik villicht een Spooß mit dat Rinloopen un Wedderrutbrocht-warn."

Nu harr ik 'noog! Wi harrn all 21 Müüs fungen; dat kunn jo woll nich mehr angohn! Von nu an heff ik de Müüs een Klacks Nogellack an 'n Achtersteven mokt. Wat sall ik

Se seggen, dat sünd jümmers de sülben Müüs
west!

Nu weer Sluß mit de Pijetät - de Dootslag-
fallen mussen her! Trurig weer dat jo - aver
wat blifft een anners över?

Een Deern von Koppel 3

De Öllern von mien Vadder weern Buern in Sasel. Un se harrn de Slachterie an de domolig Lübecker Chaussee (hüüt Saseler Chaussee) un veel Land to beackern. Mien Vadder weer een von fief Kinner, un he mutt all in jung Johrn fix mit anpacken. Een Dag, he weer man ganze dortein Johr old, stünn he mit sien Vadder an 't Finster - un grod in dissen Moment güng mien Modder mit ehr Süster vörbi. Dor säh mien Vadder to mien Grootvadder: „Kiek mol, de Deern dor, de heirot ik mol, wenn ik groot bün." „De Dunkle oder de Blonde?" froog mien Grootvadder ut Spooß. „De Blonde." „Oha, een Prinzessin von Koppel 3, wenn dat man goot geiht, dat schasst du man lever loten."

Koppel 3 - dat weer een von de Koppeln, de opdeelt un an Siedler verkofft worn weern. Un to düsse Siedler geheuern min anner Grootöllern.

Nu weer dat jo domols nich so as hüüt, dat de jungen Lüüd glieks wat miteenanner hebbt, nee, mien Öllern hebbt sik blots jümmers ankeken. Blots in 'n Konfirmanden-Ünnericht seten se bi eenanner.

Een poor Johr loter gungen de beiden denn in 't Lokol „Saseler Park" to 'n Danzen. Dat gung aver ook blots, wenn mien Vadder dor nich opspelen musst, denn he weer as Geiger bi de Kapell. Op jeden Fall hett he mien Modder jümmers no Huus brocht. Mien Tant un ehr Frünn weern ook dorbi. De Vadder von de Deerns, mien anner Grootvadder, weer een ganz strengen Mann un ook fix wat jähzornig. Sien Deerns mussen Klock tein to Huus sien, un dat, wo se beid all an de twintig weern. Harrn de Deerns Verspätung, stünn de

Vadder in de Döör un hau de Erste, de dor keem, glieks een an 'n Latz, dat de Kompotthoot in de Eck fleug. Mien Tant kreeg licht Neesblöden. So keem dat, dat mien Modder jümmers de Eerst sien mütt.

Een Dag stunnen de beiden jung Deerns mit ehr Frünn vor de Gordenpoort un weern an 'n Smusen, un mien Tant meen, dat se nu woll rin mööt, weil dat tein weer. Aver mien Modder see, dat dat nu ook all heel egol weer, „denn dat is nu all *no tein* un wi kriegt so oder so een an'n Piepenkopp!" Grootvadder harr boben an 't Finster seten un dat heurt. He weer so suer, dat he in sien Zorn de Huusdöör affslutt un de Deerns nu nich mehr rinloten wull. Mien Oma meen, dat een dat doch nich moken kann, aver he hau op 'n Disch un schimp: „Lot di blots nich infallen, de Döör heimlich optomoken!" Un denn gungen se beid to Bett.

Dor weer nu Holland in Not. Nu harr mien Modder een Idee. Se wies mien Vadder een Kellerfinster, dat deep unner een Affdeckrost mehr to ohnen as to seen weer un dat nich verriegelt weer. Nu vertell se em, op welk Ort he dörch den Keller komen kunn, ohn överall antostötten. De Lichschalter weer leider bo-

ben an de Trepp. Mien Vadder kröop nu lies
in den Keller un vörsichtig an de Weckgläser
vorbi no boben. Dor kunn he dann de Döör
opsloten un de Deerns rinloten. Annern Mor-
gen keek mien Grootvadder ganz verdreiht -
aver seggt hett he nix.

Jakob

In de letzten Harvstferien hebbt wi uns Bodestuuv nee kacheln loten. De kottest Weg von de Stroot no dat Bad geiht dörch de Achterdöör von de Garoosch. De Klempners harrn dat Door von de Garoosch un dat Finster apen stohn loten un all de Utensilien stunnen in de Garoosch rüm. Ik weer in 'n Goorn un wull de Wäsch ophangen. Mit eenmol keem schimpend een lütt Vogel anflattert. He sett sik vör mi hen un fung an, sien lütt Snobel optorieten. Ik weer heel verbass, aver ik bün ringohn un heff de Briefmarkenpinzett von mien Mann holt un den Vogel een Stück von dat Kattenfutter geven, dat wi buten vör de Huusdöör stohn hefft för den Koter von uns Tant. Dat Deert ward blots buten füttert. Wi hebbt em siet Mai in Pleeg, denn dann musst uns 95 Johr old Tant in 't Heim gohn.

Jo, un nu seet de lütt Vogel neben dat Napp un reet sien Snobel jümmers wedder op. Toletzt harr he glatt fief Stück von dat Fleesch doolsluckt. Nu seet he heel still un ik kunn em goot ankieken. He weer noch bannig lütt un harr woll sien Modder verlorn. He harr noch de gelbe Färbung um sien lütt Snobel. He weer an een Been verletzt un hüpp blots mit dat anner. Aver he kunn fleegen. As he sik besunnen harr, mook he noch 'n lütten Hupen un fleug weg.

Mien Mann keek ut 'n Finster un weer ook heel platt. He meen: „Dat geiht nich goot, de ool dick Koter und düt lütt verletzt Vogel. Wi nöömt em „Jakob“. Nu köönt se sik jo vörstellen, wo gau he wedder keem. Dat gung in 'n Halfstünn-Affstand. He keem, reet sien Snobel op un wi stopp em jümmers dree oder fief Stücken Kattenfutter rin. Mittenmang heff ik em noch 'n beten von een Appel un 'n poor Johannisbeern geven, aver dat wull he nich so geern un he hett mi wiesen, dat he dat all heel alleen kunn. He seet sik ünner 'n Johannisbeerbusch dool, hüpp jümmers in de Heucht un plück von de lütt Beern, de dor noch anhungen.

An 'n Nomiddag keem he wedder un ik seet in de Huuk un fütter em. Veel loter mark ik, dat de Koter neben mi seet. Sien Bort zitter un he keek heel verwirrt. Dor heff ik to em seggt: „Wenn du den Vogel wat andeist, denn snied ik di de Ohrn aff!" He blinzel mi to, as wenn he dat verstohn harr.

Just in den Oogenblick keem de Koter von uns Nober. He besöch sein Frünn oftins un speel mit em. Dat weer een fein Sook för uns ool Deert, dat weer all meist wedder jung worn mit sien 18 Johrn. De anner Koter aver weer noch heel jung un een beusen Röver, de sik bloot von Müüs, Vagels un anner Deerten ernährt. Jo, nu keem eben disse Koter heel langsom, mit 'n Buuk meist op de Eer, ransliekert. An de Grenz to uns Nober gifft dat keen Tuun mehr. De Jung Koter kunn ohn Hindernis röber to uns. Nu weer he all bannig dicht ran.

Dor see ik, dat uns Koter langsom op den jungen togeiht un em langsom no den Nober-

goorn trüchdrängelt. Dorbi keek he em an, as
wenn he seggen wull, Du, wenn wi dissen
Vogel freet, denn kriegt wi dat mit de Olsch
to doon! De jung Koter hett sik bit an de
richtig Grenz von dat Grundstück affdrängeln
loten, as wenn de beiden de kennen deen. Un
dor hebbt se dann seten un de Welt nich mehr
verstohn.

So güng dat nu twee Doog lang. Denn
keem de Vogel rin in 't Treppenhuus, leet sik
dor füttern, meuk noch een Klacks op den
Läufer un fleug dörch de Huusdöör wedder
rut. Wenn de Vogel to 't Füttern keem un de
Döör weer dicht, denn fleug he no de anner
Siet von 't Huus, wo de Klempners an 't Ar-
beiten weern. De nohmen em denn op 'n Arm
un brochten em to uns mit den Snack: „Joon
Vogel hett Sehnsucht!“

Spannend weer dat morgens, no 't Opstohn:
Dorch de Mattglas-Schiew von de Huusdöör
kunn een all een grötteren un een heel lütten
dunklen Schatten sehn. Un wenn wi dann de
Döör opmoken deen, denn seten dor Koter un
Vogel Siet an Siet. De een see „miau“ un de
anner flatter mit de lütten Flügel un schimp,
dat he soo 'n Hunger hett.

Dat gung an de twee Weeken so, un Jakob weer all bannig wat grötter worn. Dann hebbt wi em langsom dran weuhnt, dat he sien Freeten von 'n Teller picken mutt. Dat hett he ook doon, aver mittenmang reet he wedder den Snobel op un müss noch een Klüten mit de Pinzett hebben.

Nu hebbt wi ook markt, dat Jakob eegentlich een Jakobine is, nämlich een lütt Amselfroo - aver den Nomen harr se nu mool weg. Se keem nu jümmers seltener to 't Freeten un een Dag bleev se weg.

Wi hebbt de beiden Koters streng ankeken - aver de hebbt uns heel unschullig anblinzelt. Wi sünd uns aver nich klor, ob de beiden sik den Vogel nich doch freuh an 'n Morgen heimlich deelt hebbt.

Rocky

Wi hebbt Frünn, de verreist een um dat anner Johr in ferne Länner. Se mookt Reisen, de een richtigen Swierigkeitsgrod hebbt. Letzt Johr wulln se no *Irianjaga* fohrn, dat heurt to Indonesien. Tein Doog lang wullen se dor bi de Eingeborenen leven: De Froonslüüd in 'n Froonhuus - de Mannslüüd in 'n Mannshuus. Boomhüüs, versteiht sik, denn op de Eer is dat wegen de wilden Deerten to gefährlich. Um in de Hüüs to komen, mutt een an 'n lang Holtstang, de an de Sieden quer ganz lütt anner Holtstangen hebbt, hochklattern. De Reis is nich togang komen, weil dor in de Tied groot Waldbrände weern. Wi weet ook nich, ob disse Reis good west weer för uns Frünn, denn wenn wi tokieken, wie uns Fründin vör ehrn Fernsehapparot, de ünnen in ehr Schrankwand inboot is, in de Huuk geiht un mühsom wedder hochkümmt, denn frogt wi uns, wat de jemols in dat Boomhuus komen weer.

Eenmol sünd de beiden von een Fohrt torüchkomen un ehr Kinner hebbt se von 'n Flughoben affholt. De Öllern weern heel begeistert, wo fein de Reis west weer, wenn ook 'n beten anstrengend. Dor kunn sik een Söhn nich tosomennehmen un see: „Ji seet ok tein Johr öller ut as freuher.“

Disse Frünn nu, de hebbt 'n bannig lütten Terrier, de heet Rocky. He weer all acht Johr old, un wenn de beiden op Reis sünd, denn mutt Rocky no uns. Bi dat erst Mol hebt de Frünn seggt, dat Rocky nich mehr so veel löppt. Un to 'n Freten harrn se em Leckereien mitbrocht.

Mit dat Freten weer dat toerst son lütt Problem. He wull sien mitbrocht Leckereien nich hebben. He harr jo nich veel totosetten, un so hefft wi ook nix dogegen hatt, dat he jümmers dat Freten von uns Koter nohm.

So, nu weer dat so wiet. Rocky ward brocht. Dat Kattenfutter, dat bi uns ut bekannte Grünn buten vör de Huusdöör steiht, wörr unverzüglich opfreten. De Koter, meist doppelt so lang un dree Mool so dick as de Hund, suus as een graue Kugel in Ponik - bloot weg, weg, weg - querbeet verdwars de Nober-Gordens.

De Koter weer heel verbaast, aver he kreeg nu een annern Töller mit de „Leckerbissen", de eegentlich den Hund heurt. Uns Dochter meen: „Dat köönt ji doch nich moken, dat is doch veel to fett för den Hund!" Aver den is dat richtig good bekomen. He weer jo ook so moger. Bald see he richtig een beten draller ut. Wi hebbt aver denn doch oppasst, dat he nich *to* fett ward.

Rocky weer in 't Huus toerst noch so 'n beten ruhig. Wohl trurig, weil Herrchen un Frauchen nu weg weern. Doch dat geew sik fix. De Plicht reep: He mutt jo uns Gorden un all dat Drumherum utforschen! Bi de Spaziergänge mutt he jeed Busch, jeed Boom markieren! Dorbi stunn he op sien vordern Poten un mook 'n richtigen Handstand, dormit de nächst Keuter denken schull: ‚Hier hett een heel grooten un wichtig Hund markeert.'

Disse „ol un bequem" Hund harr uns nu voll an 't Band. He gung mit uns, wohlgemerkt *he* mit *uns*, jeden Dag dree Mol een Stünn lang dorch de Gegend.

An 'n Avend, wenn wi to Bett wullt, seet Rocky an de Trepp. He wull no boben. Wi hebbt in uns Siedlerhuus een bannig steil Trepp. De Keuter keek nu so trurig, dat wi em op 'n Arm nohmen un no boben drogen hebbt. Dor mummel he sik in een mitbrocht Deck in, de op een grooten Sessel leeg. So hett he jeed Nacht bi uns slopen.

Du kannst an son Deert de Gewohnheiten von sien Herrchen und Frauchen rutfinnen. An 'n eerst Morgen bün ik toerst opstohn, weil ik dat meist jümmers do. Ik wull den Hund nu wedder rünnerdregen. Aver he keek no mien Mann un wull dat von em. He weer ook jümmers verbaast, wenn *ik* mit em Gassi gohn wull oder wenn wi beid mit em gohn wulln. Uns Frünn hebbt uns loter vertellt, dat to Huus jümmers de Mann mi em geiht.

No dree Weeken keemen de Frünn von de Reis torüch. Rocky hett sik freit - aver no Huus wull he gornich so geern. Op de heel

Fohrt in 't Auto hett he huult. Dat Scheunst weer, dat he to Huus blot noch buten freten wull. Un avends seet he an de Trepp, de dor richtig kommod is, un wull no boben dregen warrn. Dat aver harr he nich dörchsetten kunnt. Uns Frünn hebbt seggt: „De Urlaub is vorbi! Entweder du geihst de Trepp alleen, oder du bliffst ünnen, basta!"

Wi weern doch bannig eensom, as he nu weg weer, aver wi freit uns all op den nächsten April, wenn he wedder kümmt.

De Chineeschlehrer

As uns Söhn sösstein weer, harr he sik in 'n Kopp sett, 'n beeten Chineesch to lehrn. Toerst hebbt wi dacht, dat is Spinnkrom, dat geiht wedder vorbi. Aver he see dat jümmers wedder. Ik heff em denn nochmol indringlich froogt, wat he dat ook wirklich wull, denn dann wull ik verseuken, 'n Lehrer to finn.

To de Tiet harr ik noch Klaveer-Ünnericht, un wenn mien Stünn keem, snackt ik jümmers een poor Wöor mit den Herrn, de vör mi an de Reeg weer. He weer een pensioneerten

Lehrer, de mi mol vertellt hett, dat he sik siet twintig Johrn mit de chineesch Sprook utenannersetten däh. Dissen Mann also heff ik frogt, wat he nich Lust harr, uns Söhn so 'n beten Chineesch bitobringen. He weer ganz erstaunt, wull aver eerstmol testen, wat uns Söhn sik dor für eegnen däh.

Een poor Doog loter hett he uns besöcht. Wi hebbt tosomen Tee drunken un he weer ganz tofreden mit uns plietschen Söhn.

De beiden hebbt nu tosomen 'n scheun Tiet hatt, un de Ünnerricht hett jem for twee Johr veel Spoß mokt. Denn fung uns Söhn in Mainz to studeern an, aver se schreven sik un in de Semesterferien besöchen se sik ook.

In de twee Johrn aver, in de de Lehrer bi uns in 't Huus keem, hebbt wi veel mit em beleewt. Meisttiets keem he freuher as aff- mookt weer, so dat he noch een drinken kunn. Un denn wull he noch sien neeste Bastelee vörwiesen. Eenmol keem he mit een maß- stabsgerechte Nobildung von 'n Eiffeltorn an. Ik heff em all von dat Finster ut komen sehn. Ik dacht, ik kiek nich richtig. De Torn weer ut Stohlstangen, un de Spitz kunnst umklappen, sunst harr dat Ding nich dörch de Döör passt. De Plons dorto harr he extra ut Paris komen

loten. Een annern Dag seet he bi Koffie un
Koken un wull sien nächst Erfindung verklo-
ren: Een Apparot, bi den veel lütt Rööd
ineenanner griepen deen un sik no un no all
dreihen. Bi 't Vertellen nehm he sien Koken-
töller un dreih em as Demonstration in de
Luft rüm.

Ik weer mannigmol richtig son beten bang,
denn aff un to keem he ook ut de Reeg oder
wenn uns Söhn noch nich to Huus weer. Denn
fung he an, mi lütt Mathe Opgoven to stellen
(he weer Mathelehrer west), un dor weer ik
nich so goot in. Mannigmol weern dat ook
lütt Rätsel. Un he keek jümmers so, as wenn
he dacht, dat ik son beten blöd weer!

Wenn keeneen von uns dor weer, gung he
no nebenan to mien Swiegermodder rin. De
weer krank, leeg meist in 't Bett un kunn nich
wegloopen. Loter see se: „Mann, de hett mi
von Gott un de Palmaille vertellt! Ik heff em
nich verstohn!“

Eenmol, ik harr so gor keen Tiet, keem he
wedder mol un harr dat op mi affsehn. Wi
hebbt denn beid seten un Koffie drunken. Un
ik dacht jümmers ,Hoffentlich kümmt glieks
een von de Familie’, aver keeneen keem. Do
holt he plötzlich en nee Bastelee ut de Tasch:

Een *Tetraaeder*. Dat Ding süht ut as een Pyramid. Un dorför gifft dat een ganz vigelinsche Formel. He meuk das Dings op. In den Tetraaeder binnen weern luder lütte Dreeeckskörper, de all verschieden groot weern un all tosomen hoorscharp in den groten ringingen. Natürlich blot in een ganz bestimmte, mathemotsch berekent Ort un Wies. Un blots so un nich anners! Ik kreeg nu all den ersten Sweetutbruch, wiel ik wuss, wat nu keem: He kippt den ganzen Krom op den Disch un see: „Nu kieken se sik mol de Formel an un setten de Lütten genau richtig in den Groten."

Ik dacht, mi luust de Aap. Ob ik de Formel ankiek oder een Linn ruuscht - dat weer doch egol. Ik weer richtig son beten füünsch, greep no de lütten Dinger un stopp se in den Groten. Wat schall ik seggen - ik harr dat Tofalls-Glück, dat de Dinger genau richtig binnen weern.

De Lehrer leet sik mit apen Mund op dat Sofa trüchfallen un weer total baff. Denn keek he mi bewunnernd an un meen: „Dat heff ik nich dacht, dat se dat könen - dat is jo meist nich to gläuven!" Nu harr ik de gröttst Meuh, em to verklorn, dat ik dat wirklich nich kann un dat dat ut Versehn so komen weer, aver he wull un wull dat nich gläuven. Von de Stünn an weer ik in sien Oogen een heel intelligenten Minschen.

De Pyramid mit Inhalt hett he för uns Söhn eerstmol dorloten. So kunn ik x-mol probeern, de lütten Dinger noch dor rintokriegen - keen Erfolg! Un keen ut de Familie kunn dat dorno, utnohmen uns Söhn. De kunn dat mit Help vun düsse dusselige Formel.

De Chineesch-Lehrer is nu all lang doot, avver wi snackt oftins von em un vermissen de netten Stünnen mit em. Besonners ik, denn he hett mi jümmers marken loten, dat he mi vör een intelligenten Minschen hollen dee.

Alarm

All veertein Doog bün ik in de Senioren-Grupp von Bargstedt. De drinkt denn heel kommod ehrn Koffie un verdrückt een orntlich Stück Koken. Dorbi un achteran ward veel snackt un ook froogt un diskuteert över Gott un de Steenstroot. So mancheen von de ool Lüud hett den ganzen Vörmeddag noch keen Wort snackt, denn mannigeen leeft all lang alleen, un för de is so 'n Nomeddag een fein Mööglichkeit, sik mol wedder uttosnacken. Mancheen versaagt ordentlich de Stimm - de hett noch gornich markt, dat he hüüt heiser is! Wie ook, wenn he nüms to 'n Snacken hett.

Aff un to ward denn ook so över Sekerheit snackt un woans man sik schützen kann gegen Öwerfall un so wieder. Dorbi hett een Froo dit Geschicht vertellt:

Se flüggt all twee Johr no Australien, wiel dor her Broder un sien Froo leven doot. As se mol wedder dor weer, hett se mit ehrn Broder een Spazeergang mokt. Dorbi keem se an een Brüch. Op de Brüch weern so 'n poor jung Kirls, de jem bannig verdächtig vörkemen. Min Seniorin see denn ook to ehrn Broder: „Mook di man keen Gedanken, ik heff een Alarmgerät in de Jackentasch - dor bruuk ik blots op den Knopp to drücken, un dat gifft so een förchterlich, schrill Alarmton, de joogt de Röver toverlässig in de Flucht."

As se dichter ran weern, schickt sik de Jungs aver heel manierlich, un dat geev keen Grund dorför, op den Knopp to drücken. Loter meen de Broder: „Wies mi doch mol dat Alarmdings ut din Tasch. Dat wär doch ook mol wat för mi!" De Froo kreeg dat Gerät also rut. Dorbi drück se op den Alarmknopf, um em dat to wiesen - nix passeert. „O, Gott, dat Ding heff ik all twee Johr lang un heff mi all de Tiet seker feuhlt! Goot, dat ik nich wust heff, wat dat gornich geiht!“

Aver nu geiht dat noch wieder! Ick meen denn jo ook, wat dat goot is, een Alarmgerät to hebben. Ik wull aver nich den Fehler von de Froo moken. Also, as ik son Dings kofft harr, heff ik dat glieks to Huus utprobeert. Ik weer in uns Köök. Ik kann ju seggen, dor gung een Alarmton los - bannig intensiv. Ik weer nu tofreeden, dat dat güng. Nu wull ik dat Ding no disse befriedigende Proov wedder affstellen, denn mien Mann keem all anscheest un wull weten, wat passert weer.

Ik drück un drück den Ut-Knopp, aver de Apparot blarr unentwegt wieder - *unentwegt*! Wat nu? Ik heff mi Watt in de Ohrn stoppt un versocht, dat Gerät uteenanner to schruuven. Glööv jo nich, dat dat gung! De Nober keem anlopen un wull weten, wat mit uns los is. Mien Mann brocht 'n Wulldeck, het dat Ding dorin inwickelt - aver de Alarmton weer so *schrill*, dat weer nich uttoholln. Denn bün ik in uns Goorn lopen un rin in den Schuppen mit Geräte un sowat. Dor heff ik de Sireen op 'n Disch knallt un mit 'n Homer rophaut - nu weer *endlich Roh*.

Villicht schall ik mi doch lever 'n Gaspistol toleggen, aver ik heff heurt, dat is nich ungefährlich. Pepperspray is seker ook nich goot - dat sprütt ik mi denn sülben in de Snut, wiel een dat in 'n Düstern un in de Opregung falschrum hollen kann.

Najo, doröver will ik man nochmol nodenken.

De Deern priemt!

Hamburg leeg in Schutt un Asch. As mien Öllern dat tweete Mol utbombt weern, sind se no Sasel flücht un stunnen nu bi de Öllern von mien Modder vör de Döör. Dor weer aver all „vull Huus." De Süster un de Broder von mien Modder weern ook utbombt un ook to ehr Öllernhuus flücht. De Tant un ehr Mann sünd toerst dor west - un trocken in.

Mien Öllern gungen wieder to de Wohnung vun mien Unkel, de weer dichtbi. De Unkel weer an de Front. Dor kunnen wi provisorisch ünnerkomen. Mien Vadder weer ook man bloots för een Week in Urlaub, denn müß he wedder los.

No een halv Johr sünd wi denn umtrocken, un as mien Tant un Onkel denn ne Wohnung in Eimsbüttel kregen, kunn mien Modder mit ehr twee lütt Deerns denn doch no Sasel to ehr Öllern trecken. Dor sünd wi denn bleben. Mien Vadder keem ut 'n Krieg nich wedder.

Dat weer een heel slimm Tiet domols - keeneen harr wat. Mien Grootöllern weern jo nu nich utbombt, un se harrn somit noch veel in Vergliek to anner Lüüd. De heel Gorden weer fullplant mit Grönworen un Kantüffeln. Jeed Eck weer utnütt. Dor weern ook Heuhner. Ik kann mi noch an den Dag erinnern. As wi dor rinkomen, stunn achtern in de Köök an een grooten Disch mien Grootmodder. Se nehm een Henn ut. Ik kunn grod mit de Nesse över den Disch komen. Oma vertell nu, dat dat hüüt Heuhnersupp un Heuhnerfrikassee geven schull. ,Dat is jo as bi 'n Keunig' heff ik dacht un weer so richtig glücklich.

Mien Opa stünn in 'n eersten Stock in een Stuuv un kleistert Topeten in. He weer dorbi, de Zimmer för uns to renoveern (Dat weer ook man *eenmol*, dat ik mien Grootvadder bi so 'n Arbeit sehn heff. Sünst harr he för solk

40

Arbeiten twee linke Hannen). He weer för den Goorn tostännig - un dor kunn em keen wat vörmoken.

Wi hebbt denn versocht, torecht to komen, so goot, as dat gung. Mien Modder gung neihen, se weer jo Sniedersch. Mien Süster gung all to School. So keem dat, dat ik de meist Tiet bi mien Grootöllern weer. Dat heet, bi mien Opa, denn Oma harr bannig veel to dohn. Aver Opa bröch mi so mannich Quatsch bi, un mien Modder reeg sik doröver op.

1947, ik weer fief Johr oolt, heff ik mol in 'n Huus stöbert. Ik wull so geern lesen lehrn. Ik wuß nu all, wat de Schiller in de Köök un all de Opschriften op de Dosen un Schachteln bedüüden. Nu harr ik nix mehr to studeern. Dor weern blots noch Opas oolt Romons, Reclam-Hefte mit Operntexten un sowat. Ik fung an un „lees" allens, wat nich niet- un nogelfast weer. As mien Modder dat spitzkreeg, schimpt se mit ehrn Vadder: „Dat geiht aver doch nich, dat de Deern dor dien Leevs-Romons leest!" Se kunn sik nich vörstellen, wat ik noch gornich allens lesen un dat begriepen kunn. Ik weer doch blots an 'n „Öven."

Bi mien Leesversöök harr ik in de Köök een lütt Schachtel funnen, op de stunn: „*Grimm & Triepel.*" „Du Opa, wat is dat?" freug ik. „Dat is Tobak, de is in Plummensaft inleggt, un vun den steck ik mi jümmers een Stück in de Back - dat smeckt goot! Du kannst dat jo mol probeern!"

Fix harr ik ook so 'n Stück in 'n Mund. Dat weer lecker! An 'n Ovend leed Opa sien „Swatten", so nöömt he den, op 'n lütt Kasten, de op dat Köökenschapp stunn, un ik leed mien dorneven. Opa wull sporen. Een Stück Kautobak mutt twee Doog lang rieken.

Een Dagg see mien Modder: „Deern, ik glööv, du putzt dien Tähn nich noog, du rükst ut 'n Hals!" „Nee", see ik, „dat is mien Swatten, den ick in de Back heff!" Min Modder bleev stohn as weer se anwussen. Denn birs se to ehrn Vadder un schimp: „Dat geiht to wiet, *de Deern priemt*, ick warr noch verrückt!"

1948 schull ik no School komen. Mien Modder müß mi 'n lang Tiet vörher anmellen. As dat so wiet weer, see se to mi: „Wat mook ik blots, wenn de School-Böverst mi frogt, wat du för Angewohnheiten hest - un ik mutt em seggen, dat deiht mi leed, aver de Deern priemt - denn kann he di nich in de School nehmen, weil du 'n slecht Bispill för all de annern Kinner büst!"

Dat Scheunste is - he hett gornich dorno frogt!

Von Heimweh, Schiet un Hunger

As ik lütt weer, harr ik jümmers bannig Heimweh, wenn ik von Tohuus weg weer. Dat weer richtig as son Krankheit, so mit Buukpien un so, un togoderletzt fung ik denn an to huulen. Villicht harr dat ook son beten wat dormit to doon, dat ik jo man blots noch min Modder harr un jümmers Angst harr, dat ehr wat tostötten kunn. Un ik meen, dat ik op ehr oppassen mutt.

Eenmol weer ik no mien Tant in Volksdörp verreist. Do müß mien Modder mi noch in de eerst Nacht wedder nohuus no Sasel holen, wiel ik so an 't Brüllen weer! Dat hett sik ook lang nich geven. Op mien Klassenreisen harr ik dat ook, aver ik kunn mi dann beter tosomenrieten.

Loter weer mien gröttste Angst, dat mien Kinner dat von mi arvt hebben kunnen. Bi uns Dochter weer dat aver nich so, dat hebbt wi fix markt. Se weer so geern ünnerwegens - un keem ook geern wedder nohuus.

Uns Söhn keem dormols een Johr freuher no School - he weer also eerst fief Johr oolt. Bi uns in de Gegend geev dat in de Tiet gorkeen recht Speelkameroden - un so hebbt wi em freuher anmeldt. He müss denn to 'n Schooldokter, un de meen, he weer all groot noog - dat weer een heel wichtigen Punkt.

De School meuk em dann ook bannig Spooß, aver ik heff mi doch verfiert, as dat heet, dat de Klass all no een half Johr Ünnerricht 'n Reis moken wull - fief Doog lang. ‚Hoffentlich hett he keen Heimweh,' weer mien heel Sorg. As ik em to 'n Bus brocht heff, seet dor all de eerst lütt Kamerod un huul un wull nich weg von sien Modder. För mi weer dat meist noch slimmer un mien Gedank weer blots: ‚Hoffentlich markt he dat nich!’ Aver uns Söhn weer heel uninteresseert - un los güng de Reis. He harr nich mol mehr Tiet to winken.

No fief Doog weer ik wedder dor, to 'n Affholen. De Reis weer to Enn. De Bus keem. Uns Söhn lach mi all dorch de Schieben to un weer an 't Winken. Dann klatter he rut.

Ik dacht, ik kiek nich richtig - he weer so *dreckig*, dat ik dat gornich gläuven kunn. He harr noch dat sülvig Tüüch an, as bi 'n Wegfohrn. Aver he strohl över 't heel Gesicht. Wi hebbt uns eerstmol affknudelt un sünd no Huus fohrt.

Dor heff ik denn sien lütt Koffer wedder utpackt. De weer noch genau so as an 'n eersten Dag. De Waschlappen weer noch hübsch tosomenleggt un ganz dröög. Ook de Tähnbrusch - dröög! Ik keek un froog em: „Segg mol, hest du di denn gornich wuschen?“ „Jo,“ anter he, „an 'n eersten Dag heff ik dat versöcht - aver denn heff ik keen Freuhstück mehr affkregen, as ik in den Spiesruum keem. Dor heff ik mi seggt, Dreck is nich so slimm as Verhungern.“

Recht harr he!

De Knick

Nülich, bi 't Inköpen, dreep ik op de Stroot mien Fründin. Se keek so trurig un schööv ehr Fohrrad. Ik lach un see: „Wer sein Rad liebt, der schiebt." „Mann," see se, „nimm mi blots nich dat Rad weg, denn kipp ik um! Ik bün op 'n Weg no 'n Dokter. Kannst du di vörstellen, güstern avend seet ik so scheun kommod in 'n Sessel un keek fern. Tein is de Klock, un ik wull noch de Sennung „Quincy" sehn, de is jümmers so scheun gruselig. Dor bimmelt dat an de Huusdöör. Ik verfehr mi, reet mien Kopp an de Siet - un kreeg em nich wedder trüch! Un denn kunn ik blots noch krupen. Ik op all Veer to de Döör. Mien Söhn, twee Meter lang, keek in de Luft un denn no ünnen: ‚Mensch Modder, wat krabbelst du denn op den Footbodden?' froog he. „Naja, nu mutt ik to 'n Dokter.“

Ik heff mien Fründin nochmol achteran dropen. Se lach all wedder so 'n beten un vertell, dat se in 't Wartezimmer seten harr. Denn meuk de Spreekstünnenhelp de Döör op un reep: „De Nächst bitte!“ Se anter: „Un denn nich könen vör Lachen!“ Twee ool Mannslüüd, so twüschen 80 un 90, hebbt ehr denn to 'n Arzt rinsleppt. „Mann, weer mi dat pienlich!“ see se.

Is dat nich scheun, meist jeedeen hett all mol sowat beleevt un kann een Hupen Geschichten doröver vertellen. Ik bün mol an een Morgen opwokt un kunn mien Hals nich mehr grood moken. Een kann sik gornich vörstellen, to wat een allens den Hals bruken deiht! Ik kunn nich mol ut 't Bett komen! Ik heff mien Hannen ünner 't Genick leggt, um mienen Kopp hochtokriegen. „Ik glööv, wi mööt 'n Kron holen!“ heff ik to mienen Mann seggt.

He harr dat ook mol in 't Krüüz un weer fix dormit an 't Krupen. He harr dat all an de veertein Doog lang un wull partout dormit nich to 'n Dokter. He weer all ganz scheef un güng an 'n Stock. To 'n Sluss wuß he nich mehr, wie blots he slopen, gohn, stohn un lopen schull.

Een Dag, dat weer 'n slimm, natt Wetter, meen he, he mütt een beten Luft hebben. So humpel he dörch den Gorden un verseuk dorbi, een beten wat in de Reeg to bringen. Nu hebbt wi in uns Gorden een oolen *Knick*. Dat is een niedrigen, langen Affgrenzwall, mit Bööm, Büsch un Wackersteen op, so as de Buurn dat freuher mookt harrn (un ook hüüt noch twüschen ehr Feller hefft).

Op dissen Knick also, de bi uns kneehoch is, krabbel mien Mann. Em harr dor wat steurt un he wull dat richten. Ik dacht, ik kiek nich richtig. Wat sall ik seggen, mit eenmol rüüsch he in den nassen Matsch ut un füll den Knick dol - rrums op sien Achtersteven! Vör Schreck kunn ik gornix seggen. Ik dacht: ‚Nu is he totol Schrott - den kannst blots noch affhollen loten.' Aver wat weer dat? He stunn op, keek mi an, kloppt sien Tüüch aff, so goot as dat güng, un keem wedder in 't Huus.

As de Schreck överwunnen weer, mark he, dat he keen Pien mehr harr - all weg! He see: „Dat lot ik mi patenteern as Mittel gegen Hexenschoot. Dat is jo as bi Jesus!"

Dat liggt nu all een Johr trüch - un nu hett he dat wedder in 't Krüüz! Nu teuf ik: Ik will tokieken, wenn he sik von sien Wunner-Knick störten deiht!

Aver Spooß bisiet - wär dat nich schood üm all de veelen un scheunen Geschichten över Ischias, Hexenschoot un all dat, wenn dat een Patentmedizin geven dee? All Lüüd köönt nämlich över sik sülben lachen, wenn se keen Pien mehr hebbt. Un se vertellt dann gern dorvon. Dat deiht se nich blot över ehr Krüüz, sünner ook över ehr anner Lieden - wenn se se överstohn hebbt.

Öllerwarrn

Siet fofftein Johrn koom ik aff un to bi een Molersch, de freuher an de Kunstakademie west is un mi nu disse Kunst son beten verkloort. Nülich, ik weer grod wedder dor, keem noch een ool Fründin von ehr dorto, un wi hebbt een lütt Klöhnsnack över dat Öllerwarrn holln. Dat is gornich so licht, in Würr oolt to warrn, ik heff mi dat fix wat eenfacher vörstellt. Un wenn ik dorbi an uns ool Tant denk un wat noch allens op een tokomen kann, denn ward mi heel wat slecht.

„Jo, wo geiht dat denn ehr Tant?" froog de Molersch. „Na, ja," see ik, „sowiet ganz goot, aver se is nu so tüdelig, dat een sik nich mehr mit ehr ünnerholln kann. Dat mien Mann ehr Neffe is, hett se ganz vergeten. He is jümmers ehr *Broder*, un wenn he se besöökt, seggt se to de anner Lüüd in dat Heim: ‚Dat is mien Broder, de kümmt all söß Weken.'

Nülich weer se wedder bi 't Vertellen un plötzlich keek se *mi* an un see: ‚Du sühst eegentlich noch bannig goot ut!' Se hett dat fründlich meent, aver dorbi kann een richtig bang warrn. Dat Slimmst is, dat se bi all de Tüdeligkeit so aggressiv is. Se pöbelt uns, aver ook de anner Lüüd an un deiht so, as harr se noch jümmers dat Zepter in de Hannen. Nu is se all 95 Johr oolt - un dat nimmt un nimmt keen Enn."

„Oh," see dor de Fründin von de Molersch, „so 'n ool Tant hebbt wi ook mol hatt. Wi dachen all, wi mööt se dootmoken loten!" „Wat?!" Ik dacht, ik harr mi verheurt. „Woso?" meen de Froo truschullig, „kennen Se nich den Dööntje över Klein Erna?" „Nee," meen ik. „Na, ehr Öllern harrn doch den oolen, kranken Hund bi 'n Veehdokter dootmoken loten, un as nu de Oma krank un hinfällig weer, frog Klein Erna, wat *se* denn nu nich ook no den Dokter mutt.“

Wi hebbt lacht, un de Froo vertell nu wedder von ehr 97 Johr oolt Tant. Dat weer no den Krieg in Hamborg. All harrn nix, un de heel Familie leev tosomen mit ehr un ehr Kinner. Se harr all an 'n Band, un keeneen much dat wogen, to rebelleeren. Nu is dat in swor Tiden goot, wenn een kuraschiert is un allens in de Reeg kriegen kann, aver de Familie weer all fix un fardig un dacht ook schon mol: ‚Lang kann dat bi dat Öller jo nich mehr gohn!‘

Jo, un denn leeg de Tant in 't Bett un kunn sik nich mehr rippen un reuhrn. ‚Nu is dat to Enn,‘ dacht se all, nu hett se 'n Slaganfall oder sowat.‘

De Dokter keem un ünnersöcht se. Denn froog he: „Wat hebbt Se denn mookt?“ De Tant wull nich snacken, wenn all dorbi weern. De Dokter schickt de Familie no buten.

No een Tiet keem he wedder rin un lach: ‚De Fru hett de heel Nacht in 'n Keller de Mahagoni-Meubel vun de Sloopstuuv tweikloppt, dat ji wat to 'n Füermoken hebbt! Un nu hett se son Muskelkoter, dat se nich mehr krupen kann. Ik verschriev ehr wat,

dormit köönt ji ehr inrieben, un denn is in een
poor Doog vorbi!"

De Tant is noch över hunnert Johr old
worrn.

Hunnen

Allens hett Vör- un Nodelen. Wi leeft to 'n Bispill an 'n Waldrand in de Neegde von een Moor, even so heel wat idyllisch. „Ji wohnt so as bi ‚Heidi'", hett mol een Fründ to uns seggt. Dat hett ober ook Nodelen, kann ik ju seggen!

Wi hebbt jümmers Theoter mit Hunnen. De rennt in uns Gorden rüm oder mokt ehr Geschäft vör de Huusdöör oder vör de Garoosch! Eenmol harr son grooten Keuter sien Hupen direkt vör de Gordenport sett un sien Frauchen keek to. Dor heff ik mi belööft to seggen, dat ik dat nich goot finn un dat een in Tokio 'n lütt Schüffel un 'n Tüüt mithebben un dat wegmoken mutt. Dor see de Oolsch doch to mi: „Wi sünd aver nich in Tokio, un in Övrigen - ik betohl Stüern." Ik heff antert: „Ik betohl ook Stüern un mook mien Hupen *nich* bi Se vör de Döör."

Dat is all 'n poor Johr her, dor harrn wi noch keen Gordenport. Wi kunnen uns wat Orntlichet nich leisten, denn wi harrn in de Tiet twee studeernd Göörn. So hebbt wi de Keuter andurend binnen hatt. To 'n Bispill weern dor twee Hunnen, de lepen stracks eenmol quer dörch den Gorden. De een weer so 'n Groten mit lang, witt Fell, un de anner so 'n lütten swatten - so as von de Whisky-buddel „Black and White". De beiden weern jümmers alleen ünnerwegens, ohne Herrchen. Dat weer mi mol toveel. Ik jump in den Gor-den un wull se endlich mol verjogen. De Groot keek mi nu ganz groot an - aver dat lütte Oos keem knurrend un tähnfletschend op mi to un versöök, mi in de Hacken to bieten. Ik kann ju seggen - ik kunn grood noch gau trüch in 't Huus komen!
Uns Naver harr jümmers Schäperhunnen. De weern ook heel nett, bit op een. De harr all so

vigelinsch Oogen. Aver sien Herrchen see: „Dat Deert deiht nix!" De Keuter hett uns binoh in den Wohnsinn dreben! He weer jümmers achter uns her un verseuk, uns to bieten. Mien Mann meen: „Een mutt sik 'n beten um em kümmern un mit em spelen, dann is he seker ganz leef." Also hett he em denn in 'n Winter Sneebälle tosmeten. De Hund weer ganz verseten, de Dinger to fangen. No 'n half Stünn keek ik rut - dor see mien Mann: „Wat mook ik blots? Ik kann nich wedder ophollen, denn geiht he op mi los un bitt!" Do heff ik em in de anner Eck von den Gorden een Knackwust smeten. As de Hund dorhen jump, hett mien Mann sik fix in't Huus rett.

Een Week loter hett de Keuter sien Herrchen anfullen. Nu hefft de Nobers em wegbrocht.

So kann een wat beleven. Min Mann keem jümmers unregelmäßig von sien Deenst no Huus, un ik müß mit dat Eten rumhökern. Dat hett mi oft argert. Een Dag weer dat mol wedder so. Buten schien so herrlich de Sünn. Ik leeg mi dann in 'n Leegstohl un sleep in.

Op eenmol wörr ik anstupst un affknutscht, un ik dacht: ‚O, nu is he von de Arbeit trüch un küsst di wach.' Ik meuk de Oogen op - un dacht, mi sall dat Hart stohn blieven: Een Rees-Dogge stunn över mi un lickt mi aff! Ut de Entfernung kunn ik hörn: „Winston! Kommst du wohl hierher?!" Lies heff ik nu op dat Deert insnackt: „So, Winston, nu wüllt wi mol no Herrchen gohn." Dorbi bün ik langsom un vörsichtig hochkomen, weer aver bang, dat he mi den Hals dörchbitt. Ik heff em denn no de Port brocht, un he leep to sien Herrchen. Winston weer woll doch een leef Deert. Aver keen kann dat vörher weten?

Sport is Mord

Dat hett nich blots Churchill seggt, sünnern ook mien Mann. He weer jümmers all een Sportmuffel, aver he harr ook veel Arger mit de Sportler bi sien Postämter. Eenmol keem he no Huus un see: „Ik heff dat jümmers wußt, dat Sport Mord is, aver wat all dat *Tokieken* gefährlich is, heff ik nich dacht!" He vertell, dat sien Postboot mol wedder in de Turnhall Handball speelt hefft, un de een harr blots tokeken, dorbi sien Hannen dör de Sprottenwand steckt un hangen loten. Dor keem de Ball un knall gegen de Hand. De weer broken. Se wöör ingipst, un de Postboot kunn eerstmol nich mehr utdrägen. Mien Mann weer an 't Schimpen: „Jeed Weekend tomindst een Sportunfall, dor kann keen Minsch de Arbeit ornlich indeelen!" He hett jo recht. Sport kann op mannig Wies gefährlich sien.

Neelich wull ik gau to Tchibo un mi de Gummibänner för een Sport-Trimmer keupen. Ik harr in de letzt Tied een beten tonohmen un wull mi mit de Dinger stretschen. Ik bün dann to een Supermarkt fohrt, de son lütt Tchibo-Affdeeling hett. As ik nu op den Parkplatz fohr, weer vör mi een groot Volvo, de ook een Parkplatz seuken dee. Gau harr he een funnen un föhr rechts in een Lück rin. Links vun em weer noch 'n freen Platz. Den heff ik nomen. Bi 't Inparken geev dat een bannig Schrapen un Krachen.

Ik weer baff un kunn nich begriepen, wat los weer. Dor keem de Fohrer vun den Volvo all ut sien Auto un schree: „Wat köönt Se mi de Döör affohrn?!" Doar wör mi klor, wat passert weer, un heff to em seggt: „Wat köönt Se de Döör opmoken, wenn ik inpark?!" De Mann sprung in Quadrot. Sien Froo keem ook ut dat Auto un fung an, mi to vertellen, dat ik schuld weer. Aver ik weer mi keen Schuld bewusst. De Mann fung nu an: „Wenn Se mi een Schuldgeständnis ünnerschrieven doot, denn köönt wi wiederfohrn!" He harr woll noch nich sehn, dat de beiden Wogen ünnereenanner verhookt weern, un dat dat so gornich gung. Bi dat Gesabbel weer ik bannig verunsekert. Tofällig keem een vun min Nobers vörbi, un ik see to em: „Hand op 't Hart: Wokeen hett hier Schuld?" He keek un meen dann: „Nu jo, in 'n Speegel mutt een all kieken, wenn een de Döör opmoken will." Door wöör de Mann aver aggressiv un see: „Wenn Se fardig sünd mit 't Inkeupen, denn moken se man, dat se no Huus koomt!" „So, nu mööt wi de Polizei holen," see ik, „dormit ik von een kompetent Stell heur, wokeen Schuld hett, un doarmit Basta!"

Mien Unfallgegner harr 'n Handy mit un reep de Polizei. He weer füünsch un meen, de Polizei harr em seggt, dat dat duern kann, denn Lüüd weern jo nich to Schoden komen. Aver ratz-fatz weer se doch dor. „Hebbt Se wat an de Autos verännert?" „Nee, dat geiht ook gornich," see ik. „O jo." Dann hebbt de twee Polizisten de Personalien opschreben, keeken, mit den Tollstock wat meeten, schüttkoppt un to den Herrn seggt: „Se hefft gegen dat Gesetz verstött. Se mööt, ehe Se de Döör opmookt, kieken, wat ook keeneen kümmt." Nu weer mien Gegner noch mehr in de Brass un mook Krach, aver wenn he marken däh, dat dat nix nützt, see he to de Polizisten, dat se man wegfohrn schullen. He wull dat nu mit mi privot regeln. Door lachen de beiden un seen: „Dat kümmt nich in de Tüüt - erst ranholen un dann wegschicken. Uns Bericht ward mookt." Dann hebbt se min lütt Panda een Stück to de Siet ruckelt, so dat wi losfohrn kunnen.

Ik bün dann noch in den Loden rin un wull nu de Sportbänner holen. De weern utverkofft. Dat nu ook noch.

Tohuus heff ik glieks mol mit de Verseekerung snackt, un dacht, allens weer in Butter. Denkste, nu gung dat eerst richtig los: Siet de Tied mutt ik för de Verseekerung mehr betolen.

Also: Bi 'n Sport is nich blots Tokieken gefährlich, sünnern ook *Inkeupen!*

Kinner groottrecken

Dat is gornich so licht, Kinner groottotrecken. Oftmols weetst du jo sülben nich, wat dat Richtige is, denn du büst jo ook man een groot worden Kind, un nu musst du mit jeed Situation fardig warrn. Wenn dann de Göörn in 't richtig Öller koomt, denn magst du se mannigmol an de Wand backen, so obstinatsch sünd se. Dat is so de Tied, wo se allens beter weet un de Ollern meist so 'n beten dusselig findt, sik aver dann no etwa twee Johrn wunnert, wat de Öllern in de Tied allens lehrt hefft. Mennigmol sünd wi Ool in de Nacht opstohn un hefft keeken, wat de Jacken an de Gardroob hungen, un wat weern wi dann froh, wenn se all in 't Huus weern!

Eenmol weer uns Döchting mit een ganz Clique in 'n Popkonzert. Se is mit 'n Fohrrad no 'n Bohnhoff Volksdörp un dann wieder mit de U-Bohn in de Stadt fohrt. In de Nacht, so Klock dree, weck mien Mann mi un see: „Uns Dochter is nich no Huus komen - Wat nu?"

Ik rut ut 'n Bett, heff mi een Mantel över dat Nachthemd trocken, un dann hefft wi mit 'n Wogen de Stroot no 'n Bohnhoff affklappert. Ik harr dat Finster rünnerkurbelt un keek, wat dat Fohrrad irgendwo liggen däh. Aver nix weer to seen un keen Minschenseel weer ünnerwegens. Wi beid bibbert vör Angst.

Dor keem all de Bohnhoff in Sicht - un an de Bushaltestell stunn uns Döchting mit een jung Keerl - sünst eensom un alleen. As se dat Auto komen see, wink se un rööp luud: „O, dor kümmt jo min Öllern! Hu hu!" Se lach un weer bannig vergneugt. Mien Mann see: „Weetst du wo lot dat is?"

„Jo," see se, „Andreas hebbt se dat Fohrrad klaut. Köönt ji em mol even no Huus, no Farmsen, fohrn? Ik wull em hier nich alleen

loten." Se keek so, as weer dat allens heel
normol. „Na jo," see ik, „wenn he mit 'n Froo
in 'n Nachthemd fohrn mag, denn wüllt wi dat
mol dohn."

Hollerblötensekt

Mit Flederbeern is dat so 'n Sook - de sünd mannichmol gefährlich! Keen hett dat all mol heurt, dat so 'n Buddel in de Luft gohn is un nu de heel Köök nee anmolt warrn mutt?

Nu kannst du nich blots ut de *Beern* fien wat moken, nee, dat smeckt ok prima, wenn du 'n poor Dolden von de *Blöten* in 'n Pann-koken smittst. Dat gifft ok noch anner Re-zepte, do kannst op aff!

Bi uns in de Familie weer dat so Usus, dat wi in 'n Juni, wenn de Fleederbeerbüsch scheun blöhn, Fleederbeerblötensekt mookt, kannst ook *Hollerblötensekt* to seggen. Dat geiht so: Du brukst

- 20 Hollerblööt-Dolden
- 4 Zitronen (nich sprütt!)
- 10 Liter Woter
- 3 Pund Zucker
- 5 Gramm Wiensuur ut de Affthek

Un so ward dat mookt:

Dat Woter kümmt in een groot Pott. De Blöten, de Zucker, de in Stücken sneden Zitronen un dat Wiensuur kümmt dor rin. Allens kräftig dörchschütteln un dree Doog lang stohn loten. Denn mutt dat allens dörch een Dook goten un in Buddels affüllt warrn. De Buddels mööt aver een fast, luftdicht Verslutt hebben, den du op un dicht moken kannst. Se dröfft nich to vull mookt warrn.

No 'n poor Doog fangt dat allens bannig an to goosen. Du muttst nu aff un to den Verslutt suutje anheven un kieken, wat dat Goosen ook richtig in Gang komen is. Anners muttst du noch 'n beten töven.

Wenn dat nu so wiet is, dat de Buddels bi 't Opmoken ornlich zischt, denn hest du 'n

70

wunnerbor un erfrischend Drunk. Bi uns hebbt de Kinner dat ook mit Begeisterung drunken. Dor is woll een beten Alkohol binnen, denn dat Goosen kümmt natürlich von de alkoholische Gärung, aver dat is so wenig, dat kannst du gornich utreken. Wi sund bi all de Schampus-Superee noch nie duun west.

Jo, dat mokt wi nu all Johr wedder, un wi freit uns, dat de Schampus so good smecken deiht. Dat Scheunste is dat Aroma! Bi 't Inschenken all kriegst du 'n scheun Nees vull Hollerduft aff. Un dat bruust! Meist mehr as so 'n richtigen Sekt.

Mien Göörn sünd nu all lang groot. Wenn dat ober an 't Schampusmoken geiht, denn denkt wi jümmers noch an een Geschicht, de nu all lang trüch liggt.

In dat Johr harrn wi twee Buddels Hollersekt vergeeten uttodrinken. Se stunnen in de Garoosch un keeneen harr an se dacht. Nu weer dat all Winter un buten so an die twolf Grood Frost, as uns lütt Söhn ut de Garoosch keem un to sien Vadder see: „Du, Vadder, ik heff dor twee Buddels funnen. Ik glööf, dat is noch Hollersekt. Kann dat sien?" „Jo, dat kann angohn. Bring se man vörsichtig rin."

De Vadder keek sik de Buddels an. Dat weern Eenwegbuddels ut Glas mit Alu-Schruuvdeckels. Dann meen he: „Dat is jo ulkig, de Sekt is bi de Küll gornich to Ies worn. Wat dat wohl von den veelen Zucker kümmt? Aver de Deckels sünd bannig no boben utbeult. Wi wüllt man een lütt beten an den Schruuvdeckel dreihn. Mol kieken, wat dor noch Druck op is."

Nu is dat jo so: Wenn so een Saft ünner Druck steiht un keen Platz hett, denn kann de ook nich to Ies warrn. Wat so 'n richtigen Gelehrten is, de kann di dat verkloren, denn dat gifft physikolsch Gesetze för sowat. *Wi* hefft man bloot dat Ergebnis sehn.

Mien Mann also höll nu de Buddel över den Affwasch, ut Vörsicht, wat dat noch een beten sprütten dä. Un de lütt Söhn höll een Geschirrdook ünner. De Vadder schruuv den Deckel *gaaanz* sutje een Ring rum.

Dann güng dat allens as de Blitz:

Dat geev 'n Knall: *Wumm!!* Un de Schampus keem as een groot Fontän ut de Buddel un fleug in eenen Satz an de Deck. Noch bi 't Hochsprütten ward de Sekt to Ies - op de Gelegenheit harr he all lang luert. Mien Mann harr de Buddel in de Hann un keek in de Luft.

72

Un so hung uns scheunen Sekt nu in de Köök vun de Deck as een grooten Iestappen.

Mien Mann un de Jung sparr Mund un Oogen op. Nu weer jem kloar: Dor is noch Druck op de Buddel west. As de beiden dat begrepen harrn, kunnen se sik vör Lachen nich holln. Se kloppten sik op de Schenkels un lachten Tronen.

Nu keem ik no Huus un harr toerst Möh to begriepen, wat los weer un worüm de beiden sik meist dootlachen wulln. Dann keek ik an de Deck un seeg den grooten Iestappen bammeln, de nu langsom an to drüppen fung: Scheunen, seuten, backsigen Hollersekt!

Mit Fierobend weer dat nu nix. De Köök seeg ut, as wenn een Bomb inslogen harr. Un wi schrubbt mit dree Mann um de Wett. Dorbi fungen wi jümmers wedder an to kiechern.

Doch bi all dat Lachen weer uns kloor, dat dat veel slimmer harr komen kunnt. Wenn de Buddel tweigungen weer, harrn de Spleten beus Verletzungen bringen kunnt.

Nu kannst du di vörstelln, dat bi uns solk Buddels blots noch mit Utrüstung opmokt warrn drofft. Dat heet, Pudelmütz op den Kopp, Plastikbrill op de Nees un Handscheuh an de Finger - denn büst du seker vor de Spleten von de Buddels von den köstlichen Hollersekt.

Denn man Prost, leef Leser!

Glücklich Deerten

För een poor Johrn weer bi uns nebenan, wo hüüt Woold is, noch een groot Graskoppel. Dor stunnen truschullig bieenanner een Koh, een Bull un een Peerd. De harrn so een richtig kommodig Familienleben. Dat gung blots wiel de Buer een Hobbybuer weer un sien Deerten man ut Spooß harr. Dat Peerd weer all bannig oolt. De Bult weer dat Kalf von de Koh un kunn dor eegentlich nich ewig blieven, wiel son utwassen Deert bannig gefährlich warrn kann. Aver een scheunen Sommer lang droff he noch blieven, un de dree seeg so richtig glücklich ut, so as dat in 'n Billerbook steiht.

De Bull weer all richtig groot worn un beers mit Mumm över de Koppel. Keeneen kunn em dann opholln. Nu weer dat in dissen Sommer bannig hitt, un de Buer brocht op sienen Trecker extra Woter mit för de Deerten, aver he richt dat jümmers so in, dat de Bull meuglichst nix affkreeg. Ik heff den Buern froogt, worum he dat mookt, un he anter, dat de Bull jo ook keen Melk geev. Ik heff mi doröber argert un heff för den Bull uns ool Kinnerwann vull Woter buten an 'n Tuun rutstellt. He schlabbert dat Woter un keeneen von de anner droff nu an *sien* Wann. Von den Dag an hett he mi in sien Hart sloten. Wenn he mi seeg, muh he jümmers los, un ik heff denn 'n beten mit em snackt. He smeet sik dann an uns ool Tuun un mook sik dat dor kommod.

Een Dag, ik harr grod mit em snackt, smeet he sik wedder an den Tuun. Dor see dat *knacks,* un een Tuunpohl krach tosomen. De Tuun lee platt op de Eer. De Bull stunn op. Ik heff erstmol fix de Huusdöör tomookt. Wat nu? De Bull trottel langsom in uns Gorden rin un keek mi nett an. Ik weer bang. Mien Mann keem rut, un wi beid versöök nu, dat Deert trüch op de Koppel to drängeln. Aver drängel du mol een Bull! He stunn fast es een Fels.

Dann gung he langsom wieder in den Gorden rin. Dammi, wat mookt wi blots? Ik heff dann op em inredt: „So, mien Seuten, nu go man trüch!" He hett sik woll amüseert un fung nu an, mi son beten to stupsen. Nu weer he all an de Gordenport, dat heet, wi harrn in de Tied gorkeen Port. So gung he also stracks op de Stroot.

Nu steiht uns Huus an een Sackgass, un in een Richtung is de Stroot man blots för Footgängers. Wi weern froh, dat he dorhen gung. Nu keemen all fremd Lüüd un wullen helpen. Mann, dat funn he gornich so goot. He hell sienen Kopp scheef un tingel so 'n beten. Een Mann wull he woll op de Hörner nehmen. As de affhaut weer, bün ik fix in 't Huus lopen un heff versocht, den Buern antoropen. De weer grod nich door. Dat weur jo ook to scheun west.

Aver de lütt Söhn von den Buern weer dor, un de see: „Ik kumm glieks mol mit 'n Fohrrad vörbi." In Stillen heff ik lacht: So 'n lütten Kerdel, heff ik dacht, wat will de blots moken? No 'n veddel Stünn weer he dor. Söss

Johr oolt. De Jung gung stracks op den Bull to, box em mit sien lütt Fuust twüschen de Hörner un rööp: „Mook, dat du trüchkummst!" De Bull keek, dreih sik um un gung suutje den Weg trüch no de Koppel, so as he komen weer.

So is dat - gewusst wie!

Mit de Deerten kannst wat beleven! Eenmol wull ik Brommelbeern plücken, de as een dicht Heck rund um disse Koppel wussen. Ik weer 'n beten bang vör de Deerten. So heff ik töfft, bit se ganz an 't anner End von de Koppel weern. Dann bün ik över den Tuun krabbelt. Een heel Tied lang gung dat dann ook goot. Ik harr mien Schötel all half vull, dor mark ik, dat dat Peerd achter mi stunn.

Nu mutt een weten, dat wi de Deerten jümmers mit 'n poor Fallappels oder ool Appels füttert hefft, wenn wi welk harrn. Dat Peerd wull nu in mien Schötel kieken un wat to 'n Freten hebben. Aver dat mark nu, dat dat blots Brommelbeern weern. Un dat *much* doch keen Brommelbeern! Nu fung dat an, an mien Arms to knabbern. Ik weer bang - son Peerd hett doch bannig groot Tähn! In de Twüschentied weern de annern beiden nu ook komen un stunnen dicht bi mi. Un dat weer doch so hitt un swööl an dissen Dag! Nu fung dat ook noch an to nieseln. De Deerten damp, ik weer blockeert. Un denn de Fleegen! Fleegen op de Huut, Fleegen in de Oogen, Fleegen an de Nees, Fleegen in de Ohrn! Ik dacht, ik schull verrückt warrn.

Mien Glück weer, dat een half Stünn loter uns Söhn vun School keem. Ik schree luut, he schull mol 'n Ammer vull Appels bringen! Dat weer mien Lösgeld. Ik keem free un kunn an een anner Eck över den Tuun trüchkrupen.

Vun de Tied an heff ik Brommelbeern blots noch op de anner Sied vun 'n Knick plückt, dor, wo de Weg langgeiht.

St. Magdalena

St. Magdalena is een Dörp in Südtirol. As uns Kinner noch lütt weern, sünd wi dor jümmers henfohrt. Dat weer 'n scheun Tied! Wi sünd veel wannert un hebbt de Gegend unseker mookt. Uns Dochter hett ook 'n poor Johr mitmookt - aver dann harr se keen Lust mehr, mit de Familie to verreisen. Se weer jo ook fief Johr öller as uns Söhn, un dat is jo villicht 'n beten langwielig. Dormit uns Söhn op de Reis aver nich so alleen is, hebbt wi sien lütt Fründ Patrice mitnohmen.

Nu mutt een weten, dat St. Magdalena 'n afflegen Dörp is un streng katholsch. Wenn een in 't Dörp kümmt un fohrt den Barg rop, dann steiht de Pfarrer all dor un kiekt, wokeen dat is, de dor ankümmt. De Froo von uns Buern hett uns vertellt, dat jeed Buer ut dat Dörp een Week an de Reeg is, den Pfarrer un sien Huushöllersch jeden Dag twee Liter Melk to bringen. Dat harr allens sien Richtigkeit in dit Dörp!

Nu weer uns Patrice ook ut een streng katholsch Huus un weer all Messdiener in sien Kark in Hamborg. Ik see to mien Mann: „Weetst Du wat? An 'n Sünndag go ik mit Patrice to de Kark." Mien Mann see: „Kannst Du jo moken, aver mien Thomas un ik, wi goot dor nich mit." De Sünndag keem, un wi beid moken uns trecht un dann op den Weg.

Wi keem tosomen mit de Ersten, un de Kark weer meist leer. Ick see to Patrice, he schull man heel no vörn gohn, un ik wull mi ganz in de letzt Reeg seten, denn ik wüss mi jo gornich to benehmen in so 'n katholsch Kark.

Patrice gung ook no vörn, un ik rangel mi in de letzt Reeg, aver ik kunn gornich sitten, de Bank weer so eng, dat een glieks op de

Knee mutt, ob he wull oder nich. Langsom wurr dat vull, un op eenmol keek Patrice sik no mi üm, gung von de link Siet to de recht un sett sik dor hen. He harr markt, dat links nur Deerns un Froonslüüd seten un rechts all de Jungs un Mannslüüd.

Nu harr ik mit eenmol dat Gefeuhl, dat all Lüüd mi ankieken un denn grienen deen. Dat weern heel fründlich Lüüd, dacht ik, un grien trüch. De Froonslüüd harrn sik bannig rutputzt. Se harrn all ünnerscheedlich Koppputz. De eenen harrn swatt Spitzen op 'n Kopp, de annern witt. Jung Froonslüüd harrn achtern lütt witt Spitz-Stripen in de Hoor un de ganz lütt Deerns lütt witt Bloomen-Kronen op den Kopp.

Op eenmol mark ik, dat de heel Sittordnung fast indeelt weer. Vörn, op de linke Siet, seet erst de lütt Deerns, un denn wörn de Froonslüüd no achtern to jümmers öller. Bi de Mannslüüd op de recht Sied weer dat genauso. Nu wör mi dat jo kloor, wat de all to grienen harrn.

In de Twüschentied keek all Lüüd in de Kark op mi un lachen. Ik weer in de Tied 35 Johr old un seet twüschen de Froonslüüd, de 80 un öller weern. Dat harr ik nu dorvon, dat ik dat gornich markt harr. Aver ik bleev so sitten, denn ik weer ook bang för den Gottesdeenst. Ik wuss nich, wat een allens moken mutt in so 'n katholsch Zeremonie.

Een Stünn loter weer dat allens vorbi, aver dat duer heel lang, ut de Kark to komen. Ik weer all bang, dat wi to loot rutkemen, denn de beiden Thomasse (Vadder un Söhn) wullen uns jo wedder affholen. Nu kunn ik aver sehn, woran dat leeg: Se harrn een Hostie in een groot Kasten, drogen eer langsom vorweg un fungen an to singen.

As wi dormit nu rut ut de Kark kemen, smeet sik buten all de Tokiekers op de Knee - blots twee nich: De beiden Thomasse. De harrn nich wußt, dat een dat mutt.

De Wunnerbloom

Uns Fründ Klaus see to mi: „Ik heff een dull Plant, een mexikoonsch Wunnerbloom, de süht so scheun ut in 'n Goorn, Du gläufst dat nich! De kregt groot, smuck Bläder. Vör de Winterstied muttst Du de Knoll utbuddeln un in 't Huus opbewohren, wo dat düster is. Wenn mien Knoll een Afflegger kriggt, kannst Du em hebben."

Jo, so keem dat, dat ik so 'n Knoll in 'n Keller harr. Dat weer twee Weken her, do seeg ik rein tofällig, dat de Knoll in de Düsternis 'n bannig langen Drift kregen harr, un dat liekers se doch keen Eer un ook nix anners kregen harr. Ik heff nu de Plant no boben brocht, in 'n Blomenpott plant, in 't Hell stellt un goten.

De Drift würr jümmers gröter. Ich heff mi freit, wo scheun de Plant utseeg. Dat weer de rein Pracht! Un denn schull noch dat Blöhen losgohn! Een groot Knosp weer all dran. Dull!

Een Morgen seet wi bi 't Freuhstück. Beid harrn wi Daagbläder vör de Nees. Ik snüffel. Dat rüükt jo slimm! Ik see to mien Mann: „Büst Du dat, de hier so stinkt?“ He anter: „Ik stink nich un ik rüük ook nix.“ Ik heff noch 'n beten wieder freuhstückt, aver denn kunn ik dat nich mehr uthollen. Ik heff nu socht, wo de Gestank herkeem, un snüffel in jeed Eck.

Nu see ik, dat uns Wunnerbloom de Knosp opmookt harr. Ik weer begeistert! De wunnerscheun Blööt weer geel und striept as 'n Tiger. In de Mitt harr se een Kolben, dick as 'n Finger. Ik rüük an den Kolben - un harr Meuh, dat mi nich dat Freuhstück wedder ut dat Gesicht fallen dee!

Ik schree no minen Mann. He keem, böög sik över de Plant un stöhn: „O Gott!“; reet den Pott an sik un ielt vör de Huusdöör. Buten weern 8 Grod Frost. De Küll wull he de Plant nu doch nich andoon. Also: Rin in den Schuppen! In de Stuuv hebbt wi lang lüft, bit wi dat dor wedder uthollen kunnen.

Nu keem mi de Idee, dat ik woll gau uns Frünn anropen schall, dat he de wunnerscheun Blööt ankieken kann, bevor se toschann is. Nu mutt een weten, dat sien Froo krank west un eerst siet 'n poor Doog wedder to Huus weer. Se keem an 'n Apparot.

Ik see: „Du, Christa, ik mutt Di gau wat vertellen von wegen de Wunnerbloom...“ „Nee,“ see se, „brukst gornich wiedertosnacken. As ik wedder no Huus keem un in de Döör stunn, heff ik to mien Mann seggt: Hest du nich een Mol frisch Luft rinloten? Dat kann jo woll nich angohn. Dat stinkt so, as weer hier 'n ganz Hammelhood bin! He see: Ik rüük nix. Nu heff ik söökt. In Klaus' Arbeitsroom dreep mi meist de Slag! Ik schree op: Klaauus!! He keem ansuust, reet dat Finster op un smeet de Plant rut.“

Ik glööv, dit Plant is een Oort Aaronsstab. Wenn son Dings in Planten un Blomen oder in Utstellungen bleuht, kümmt de Lüüd in Schöven un wüllt se ankieken.

Dat kann ik gornich verstohn.